신神 주머니에서 꺼낸 꽃말사전

김민 시집

신神 주머니에서 꺼낸 꽃말사전

달아실시선
40

달아실

일러두기

1. 본문에서 하단의)는 '단락 공백 기호'로 다음 쪽에서 한 연이 새로 시작
   한다는 표시임.

2. 보조 용언과 합성 명사의 띄어쓰기 등 본문의 맞춤법은 시인의 의도에
   따른 것임.

시인의 말

어디서 찾아낼 수 있을까
새들이 찍어놓았던 첫 글자

2021년 6월
김민

차례

시인의 말　5

새벽안개와 풀숲 이슬 사이 자박거리는 날갯짓

신神들의 작은 냄새

자벌레 혼자 내려가는 길

나뭇가지만 해시계처럼 흔들리고

붉은가시선인장

나는 뿌리치는 법과 피하는 법과
돌려 말하는 법을 몰랐으므로
뒤에서 끌어안던 그의 온몸에
독설과 무안無顔을 쏟아주었고

그도 뿌리치는 법과 피하는 법과
돌려 말하는 법을 몰랐으므로
앞에서 비틀어대던 나의 온몸에
상심과 무언無言을 묻혀주었지

그리고
누가 먼저랄 것 없이
막 꺼내어진 심장처럼
창가에 놓여버렸네

꽃말사전

입술 자국 한 잎 한 잎 이어붙인 조각보 펼쳐두고

개나리꽃 빙그르르 떨어지고

풀숲에 몰래 낳아놓은 눈물은 한겨울에도 따뜻했을까

월동 준비

구름 누비시느라 보푸라기로 흩어지는 첫눈

가을감기

겨우 코스모스 몇 바퀴 돌고서는 앓아누워버린 잠자리

개미들 물고 나오는 돌 하나

빼앗아 그어놓은 산마루 위 바람결 둘

시인 함민복

담장 같은 어깨에서 새 한 마리 날다

팝업북

하늘이
봄볕 펼치면
튀어 오르는 잎사귀

마침표 또는 따옴표
혹은 쉼표에
기대어있는 무당벌레

가끔
물음표 닮은 바람
입에 문 녀석

꿈 쉴 권리

아무것도 하지 않았다 그냥 길바닥에 내버려두었다

거미집

햇볕 들지 않는 뒤뜰 담장

땅바닥과 맞닿은 벽에
비단같이 감겨있는 봄

슬그머니 당기는
발가락에 물드는

연둣빛 저녁

나무둥치 이곳저곳 고치들 흔적

내가 자고 나온 자리 어디였더라?

내가 한낱 이끼였을 때

세상 모든 새끼들은 눈을 뜨지 못했지

물결나비

심우도 돌아 나와 바가지로 목 축이는 단풍잎 그림자

땅거미

내 그림자 위로하며 어둑어둑 걷던

편의점 불빛마저 꺼지고

흐무러진 버즘나뭇잎을 신고 가는 밤길

귀갓길

헨젤이 떨어뜨려놓은 조막손 같은 외등

절름발이 백구 메리

가랑이 사이로 기어들어 그윽끄윽 바라보던 눈을 두고
나 또한 오래도록 절룩거렸다

달맞이꽃 아래
별꽃 무리 옆 고개 숙인 해바라기

품에 잘 접어 넣어둔 반달누에나방

빨리 안 일어나면 두고 간다

늦가을 뒷산마루에 걸리는 기다림

떡 하나 주면 안 잡아먹지

고개 하나
덜컹 넘을 때마다

해님 고개 덜컥
달님 고개도 덜컥

또 딱 걸렸네

붓꽃에게 아침 댓바람부터 한소리 듣고 나니 뙤약볕처럼 들이치는 낱말들

말벌 떼로 쏟아져 나오는 글자들

시: 멸종위기종

당나귀기침

감기처럼, 또 내뱉어지는 아침

돌아가는 길목에 무당거미 하나

넘어갈까 더 돌아갈까 하는데 수취인불명 우편물 잔뜩
꽂혀있네

바짓가랑이 같은 갈림길에서

또다시 등나무 덩굴처럼 다리 꼬여 어디로도 가지 못한
채 주저앉아버렸네 멀리서 가지 치는 소리

골목길

낡은 목마들이 끌고 가던 그림자 시린 오후

신神 주머니에서 꺼낸 풍경

하굣길에서 만난 소나기
신주머니 머리에 얹고는

어느 집 처마 아래 서서
먼산바라기 하고 있을 때

낙숫물 떨어지는 소리
에 묻어오는 호박전 부치는 냄새

내려놓은 마음이 더는 쓰리지 않을 때

바람과 빗물로 안친 이팝꽃으로 입가 허옇도록 허기 채
우시는 하느님

냉장고

불 꺼진 부엌, 산발한 머리로 목덜미 벅벅 긁으며 문짝
열어둔 채로 물 대신 부스럭부스럭 주섬주섬 페스츄리 귀
퉁이 떼어먹다가 부스러기 겉마른 시간과 눈 마주쳤네,
파삭 깨지는 불빛

송화다식

찧어진 가슴 반죽해 바람의 곡선에 잘 다져두다

죽어라 슬픔 퍼마시고는

마그마처럼 꿀렁대는 꿈에 화산火山 같은 낱말들 꾹꾹
파묻고는 쇠잔해진 저녁 햇볕에도 부신 눈 겨우 뜨고 앉
아 허기처럼 말라버린 눈물 하나 꼬약꼬약 입에 문 채 멍
하니 있었네

갑오징어

그래그래, 어디 뼈마디 한군데는 쑤셔야 이승이래잖냐

아무도 쳐다보지 않을 눈길에도

괜히 찔려 애기도둑놈의갈고리풀이 되어버렸어

마음

그 힘없이 바람 부는 빈터라니

구덩이

뒷산에 묻어두고 떠나온 깨진 달 조각들

푸른 의자

　해변에 놓아둔 그의 발자국들 밤마다 바다로 걸어 들어
가네

전기구이

건성건성 먹고는
군데군데 살 붙어있는 뼈
그대로 내려놓는다

그동안 참 집요하게 뜯느라 이가 상한 탓에 벌써 틀니
까지 끼는 신세니 이만했으면 이제 대충 발라먹어도 돼

풍경들을
마음들을
글자들을

사고뭉치

또 또 도라지꽃 망울 깨뜨려놓고 도망친 요 요 돌개바람 녀석

미술관

바람 한 다발 쥐어뜯어 삼나무 꼭대기에 동여매다

소나기

생각과 마음에 다 찢어진 비닐우산이나마 씌워주었네

살 만큼 살다

개미 행렬 뒤꽁무니의 개미가 개미굴에 들어갈 때까지
바라보았으니

비

치렁치렁 내리는 가을

솔방울 하나 머리에 떨어져 뒤돌아보니

억새들 이리저리 눈물 매무새 가다듬다 멈칫

창문 너머 앉아있는 주름투성이 겨울

햇살에 녹아내렸는가, 표정이여

돌머리

운 좋게 하루 한 번씩 선녀 옷자락 스쳐도 영 닳을 생각
을 않네

제비집 있는 풍경

햇살 새는 지붕 아래 시궁쥐들이 쏠고 간 흔적

역고드름

   그리 할퀴어놓고도 모자라 어디까지 후벼 파려 발톱까지 기르셨는가

절구질하며

우리은하 속 썩은 콩 한 알

따끔

개미한테도 야단맞다니

편의점 불빛만이 켜있고

실눈 뜬 시간으로 바람 확 내리긋던 그런 새벽길

봄밤

아지랑이 어질러져 온통 아찔아찔

밤사이 쌓이는 달빛 여섯 광주리

아침에 보니 벌써 누가 집어갔네

편두통

아무 시상詩想도 떠오르지 않자 하늘이 깃털구름 모아
보여주었네

안경을 벗어두었는데도

귀갓길 전철 선반에 놓인
늙은 햇볕 곁을 서성이고 있었습니다
콧등 쓸어 올리는 것처럼

흔들개비

갈라져 조각난 심장 녹슨 갈비뼈가 동여매주네

혼잣말

숨만 달싹여도 거미줄에 걸리는 말들

감자탕

뼈마디 사이사이
역마살 비문祕文

마음 떠돌며
시래기 몇 점 건져 올리면
내 뼈와 돼지등뼈 사이
빗살무늬 얼룩 너머
만신萬神이 컹컹 짖고

이럴 때면 눈물도
삭아서 때로는 물컹하기를

자기소개서

한 줄로도 채우지 못하는 삶 여기 있으니

업경業鏡

슬픈 나이 오만 살, 염라 오만상

그의 눈동자를 들여다보다

　은사시나무숲이 보이고 간간이 눈발 날리더니 비늘 닳은 바다가 떠올랐다

여물통 속 지구

조물주께서 단 한 번이라도 더 되새김질한 후 뱉었더라
면 송아지 그 큰 눈망울을 조금이나마 닮았을지도

보름달 빵

울다가도

아

나 한 입만

아아

어느
누구 얼굴 같은

봄결과 가을결

두 가닥으로 뜨개질해놓았던 양팔을 그의 맨발에 신겨
주었네

눈웃음 한 자락 빌려주시겠습니까

마음 어디 어디쯤 자생하고 있다는 멍울도

여인麗人

내가 문드러진 곳마다 찾아와 덮어주는 광목 손수건이
여

카르마

양손 잡고 등에 업은 보살 그리고 산등성이 실루엣

여우야 여우야

땅재주 넘으면
노란 주머니 던져 햇살 보여줄게

여우야
바람재주 넘으면
빨간 주머니 던져 노을 보여줄게

여우야 여우야
구름재주 넘으면
파란 주머니 던져 은하수 보여줄게

여우야
마음재주 넘으면 까만 주머니 던져 나보다
깊은 꿈길로 데려다줄게
여우야 여우야

천둥벌거숭이

먹구름 따먹으러 갈 테야 말승냥이 우는 그 고갯길로

초승달과 그믐달 사이

품으로 기어들지 않은 모든 가슴은 한뎃잠일 수밖에

낙서

멍하니
아무 곳에
채워감과
비워감

비로전毘盧殿

두엄더미 위 화엄 같은 화염 속 두엄

바라보다

바람 퍼붓던 가슴에서 마주친 달의 눈동자

레시피

하늘 뚝뚝 떠내어 양푼에 담은 후 청포 양념장 뿌려 드
시면 됩니다

공양

곧 소나기들 오신다니 도토리 뚜껑 하나씩 하나씩 드려

돌팔이

주름 두어 줄 더 긋든지
복점은 좀 놔두든지
아예 대놓고 선하게 눈매를 그리든지

가을이여

심장

물잠자리로 대여섯 번
왜가리로 스물 몇 번
부들로 수십 번

그 아래 강물로
또 억겁 번
그렇게

촉수

바다가 아가미 뻐끔댈 때마다 나는 발광 시작된 눈으로 고요를 포획한다

포댓자루 옆구리 터져 기어 나온

소금 알갱이들이여 오, 바다로 가는 길이여

우리 뒤뜰로 가면

닿는 눈길마다 장독 뚜껑 닫히는 소리처럼 실바람들이
네

섬돌

똥강아지 졸음 깜빡 뒤에 두고 신발 구겨 신는 아침

장바구니에 대파 한 단, 무 한 개, 두부 한 모, 그리고 고등어 한 마리

에이, 그러지 말고 바다랑 노을도 좀 담아줘요

여우비

모처럼 호랑이 몰래 구름 녹여 먹다

잘 듣는 약

그가 건네주는 보름달빛 반 쪼개어 삼키고는 잠잠潛潛

가을볕 가로지르는 태양의 날개

고개 돌려보니 바람만이 옥상 난간에 휘청휘청 걸터앉
아

부전나비

너의 마을에선 바람결에 어떤 꿈이 쌓일까

자장가

아가 아가야
예쁜 아가야
눈을 감아야
보름달 닮은
너의 눈동자
뒷동산 너머
나의 시리고
하얀 들길로
따라 온단다

빨간약

아문 것도 아니면서 아물 것이기도 한 연한 생이여

풍경에 매달린 목어

갈라진 붓끝처럼 바람도 늙은 지 오래

감나무

소설小雪의 벌건 눈두덩에 입 맞추는 아침

뎡

가을, 밟고 지나가다

전당포

이슬과 바람 보따리 맡기고 강아지풀들 마음 빌린 후
잠적

오일장

엄마 치맛자락 붙잡고 가는 길 가을볕도 뒤따라 쫄래쫄래

비눗방울 놀이

내가 지닌 무늬는 무려 당신 머릿결의 선율

실패

까치와 참새들의 비행궤적을 줄줄이 이어 감아봅니다
간혹 부리에서 흘린 동백꽃이나 노을이 딸려 와있지만 털
어내지 않기로 합니다 시들어버린 서산마루를 기워야 하
니까요

지문指紋

눈물자리 쓰다듬는 손가락 끝마다 은하들 휘감기네

묘비명

럭키! 이 자리 알지 못했다면 어쩔 뻔?

운동장 가장자리 플라타너스 그림자 모서리

우리 왁자그르르함 쓸고 가는 햇볕

문갑

포도송이와 꽃사슴 새겨진
쌍여닫이문
삐걱 조금 열려있었습니다

아주아주 오래전 할머니의
범어사 뜰 앞
물고기 한 마리 보았습니다

자재암自在庵 처마

딱따구리 쪼는 소리도 들이고
다람쥐도 들여야지

아 맞다,
십여 분 동안의
소나기도

공갈빵

어, 저거 저기 니네 머리가 왜 저겄냐?

풍경과의 대화, 언어와의 대화
― 화해와 합일, 서정적 순간을 위하여

이병철
(시인 • 문학평론가)

 2000년대 '미래파'의 등장 이후 우리 시단에는 긴 시가 압도적인 경향으로 자리매김했다. 물론 과거에도 장시는 있었으며, 분명한 내적 필연성에 의해, 또 미적 완결성에 대한 시인의 신념에 의해 길게 쓰인 시들은 우리시의 외연을 확장하고 새로운 깊이를 만들어내기도 했다. 하지만 유행과 경향에 동조하기 위해 호흡을 길게 늘여놓은 시, 모호한 분위기를 자아내기 위해 불필요한 문장들을 부려놓은 시들을 양산한 것은 장시 유행의 부작용이다.

 이 현상을 '시의 산문화'라고 명명한다면, 시의 산문화 경향은 서사의 확산을 야기해 서정을 축소하고 급기야 상실시키고 있는지도 모른다. 문학평론가 현순영은 "서사는 세계와 대립하고 합일에 실패하는 순간의 기록이고, 서정은 세계와 합일하거나 화해하는 상태"(현순영, 「짧은 시 추구 양상과 의의」, 『서정시학』 2020년 겨울호)라고 말한 바 있다. 장시 구조는 필연적으로 산문화되어 서사를 갖게 되고, 서사는 결국 실패와 대립의 음울하고 날선 감각만을 우리에게 남긴다고 한다면, 장시 유행에 대한 지나친 우려일까?

인간이 세계와 합일하고 화해하는 순간이 서정이라면, 시의 본령은 서사가 아니라 서정이어야 마땅하다. 시는 조화와 균형의 언어이기 때문이다. 긴 시의 유행은 시뮬라크르가 범람하는 포스트모더니즘 시대에 서정이 거부되면서 촉발되었고, 서정의 거부는 언어를 자폐적 욕망의 기호로만 소비하려는 오늘날 시인들의 난해시 경향으로 이어졌다. 그 결과 요즘 우리시에는 외부 세계의 풍경도 보이지 않고, 뚜렷한 대상도 없고, 고유명의 타자도 존재하지 않는다. 그저 절대화된 자기감정만 모호한 혼잣말로 발화될 뿐, '나' 이외의 것과 합해지는 순간의 감각적 환희를 찾아볼 수 없다.

길을 걷다가 낯선 이로부터 대뜸 뺨을 맞았다고 해보자. 황당하고 억울하고 의아할 것이다. 저 사람이 누구인지, 내가 왜 맞았는지를 고민하는 것은 이성적 반응이다. 하지만 생각하기 전에 뺨 맞은 자리가 화끈거린다. 인간은 사유보다 감각이 더 앞서 작용하는 감각적 존재다. 그런데 요즘 우리시는 뺨 맞은 통각에 집중하기보다 왜 맞았는지를 추궁하는 데에 관심이 온통 기울어져 있는 듯하다. 말이 많을수록 시는 사유, 판단, 고뇌에 치우치며 독자를 자연히 감각에서 멀어지게 한다. 하지만 한 편의 잘 쓰인 짧은 시는 최소한의 언어를 통해 감각을 환기하며 사유보다는 몸, 세속보다는 자연, 실존의 한계와 우울보다는 활달한 생명성과 충만한 합일의 기억을 우리에게 회복시킨다.

1. 일행시의 아름다움

겨우 코스모스 몇 바퀴 돌고서는 앓아누워버린 잠자리
— 「가을감기」 전문

여기 한 줄짜리 시가 있다. 가을이라는 계절에 대한 보편적 심상, 근원적 그리움을 불러일으키는 낭만적 세계의 풍경을 단 스물두 글자로 표현해낸 김민의 일행시는 간결한 말로 깊고 큰 울림을 일으킨다. 독자로 하여금 가을의 색채와 냄새, 빛과 온도를 감각하게 하는 데엔 장황한 말이 필요치 않다. 본디 좋은 시인은 언어를 남발하지 않는다. 말하지 않고서도 말하는 법을 알고 있기 때문이다. 그는 다만 함축을 통해 미적 완결성을 이뤄낸다. 위의 일행시는 사실 해설을 필요로 하지 않는다. 문장 그 자체로 이미지이자 은유이자 관념이며, 인간의 본질과 시대적 인식을 반영하는 철학이기 때문이다. 이 시는 벌써 가을의 아름다움을 노래하는 한편 가을이 함의하는 쇠락과 소멸의 예감을 잠자리의 추락, 그리고 감기라는 질병으로 형상화해 '코스모스'라는 낭만적 풍경과 대비되는 유한자의 실존적 고뇌를 암시하고 있지 않은가.

"아지랑이 어질러져 온통 아찔아찔"(「봄밤」)과 같은 한 줄은 또 얼마나 아름다운 재현인가? 이런 시에 무슨 말이 더 필요한가? 김민은 몇 안 되는 시어를 가지고도 풍부한 심상과 서정을 출력해내는 '언어 투자'의 귀재다. "해변에 놓아둔 그의 발자국들 밤마다 바다로 걸어 들어가네"(「푸른 의자」)와 같은 시는 '그'가 누구인지, '발자국'의 형태가 운동화의 것인지 구두의 것인지 맨발의 것인지 구구절절 진술하지 않는다. 전체적인 서정의 흐름 안에서 독자가 알아서 유추하도록 내버려둘 뿐이다. 설명적이고 지루한 진술, 모호한 중언부언과 장식적 수사를 걷어내니 오히려 상상력과 의미의 활로가 확장된다. 불필요한 말들을 제거하고 시어를 시어 자체로 존재하게끔 내버려두니 말이 지닌 본래의 생명력이 약동한다.

낡은 목마들이 끌고 가던 그림자 시린 오후
— 「골목길」 전문

빼앗아 그어놓은 산마루 위 바람결 둘

　―「개미들 물고 나오는 돌 하나」 전문

　일행시의 미덕은 압축과 절제, 단 하나의 적정어를 찾아내는 감각뿐만 아니라 지면의 여백을 활용하여 "말하여질 수 없는 말"인 침묵의 소리로 노래하는 솜씨까지다. 우리가 공(空)으로서의 하늘을 이고 사는 것처럼, 시 역시 텅 빈 백지를 이고 있을 때 고요와 어우러져 맑은 소리가 되고, 절해고도의 외딴 섬처럼 여백이라는 바다를 바탕으로 두어 아름다운 풍경이 된다. 위 두 편의 시를 소리 내 읽어보자. 시를 읽는 독자가 "낡은 목마들이 끌고 가던 그림자 시린 오후"를 발음할 때, 무성마찰음 ㅎ(히읗)과 폐모음 ㅜ(우)가 빚어내는 소리는 늦은 오후 골목을 통과하는 서늘한 바람이 되고, 마음 시린 어떤 이의 긴 한숨이 된다. 또 "빼앗아 그어놓은 산마루 위 바람결 둘"을 발음하면, 파찰음 ㄷ(디귿)과 폐모음 ㅜ(우)를 거쳐 치조음 ㄹ(리을)로 이어지는 한 음가는 개미가 물고 가던 작은 돌 하나가 바람에 의해 가볍고 빠르게 둘둘 구르는 풍경을 청각 이미지로 재현해낸다. 후속 문장이 없기에 이처럼 한 문장의 여운이 길게 발생하며 공감각적 심상을 만들어낼 수 있는 것이다. 무겁고 거추장스러운 장식적 수사를 벗어버렸기에 가볍게, 자유로이, 막힘없이 많은 사람에게 가 닿을 수 있는 것이다.

2. 눈 내리는 새벽의 야상곡

소설小雪의 벌건 눈두덩에 입 맞추는 아침
— 「감나무」 전문

　밤사이 눈이 내려 온통 하얀 세상에 단 하나의 붉은 점, 영하의 추위에 더 뜨겁게 빛나는 한 알의 감에서는 마치 맑은 피아노 소리가 나는 듯하다. 김민의 일행시에서 피아노 소리를 떠올린 것은 지면을 채우고 있는 검은색 활자와 흰색 여백의 배열이 피아노 건반처럼 보이기 때문인지도 모른다. 하지만 그 청각적 심상은 단지 피아노 건반을 연상케 하는 시 행간의 시각 이미지에서만 비롯된 것은 아니다. "소설小雪의 벌건 눈두덩"에서 나는 피아노 소리란, 콘서트홀 무대 위의 독주는 아니다. 첼로와 바이올린 등 현악과의 협주는 더더욱 아니고, 재즈 피아노도 아니다. 눈 내리는 새벽, 창문으로 불빛이 새어나오는 집에서 누군가 피아노 연습을 하고 있다. 온통 하얀 마을에 은은히 퍼지는 피아노, 화려한 기교보다는 음 하나 하나에 집중해서, 그저 단음의 정직한 공명(共鳴)에 영혼을 실어내는 야상곡 소리가 김민의 시에서 들려온다.

　눈 내리는 새벽은 적요하다. 폭설이 내리면 차나 기계도 잘 굴러가지 않고 사람도 다니지 않기 때문이다. 이 고요함은 악보에 없는 음계이지만, 뛰어난 피아니스트는 손

끝에서 소리와 침묵을 동시에 빚어낸다. 김민의 시에서는 함축과 생략이 만들어내는 여백이 하얀 폭설을 이루고, 그 백색 고요 안에서 한 글자 한 글자, 붉은 감나무 열매처럼 더 선명하게 돋우어진 이미지가 들려온다.

현란한 기교보다, 빠른 속주보다, 음역을 이리저리 오가며 여러 악장을 아우르는 스케일보다 오직 단 하나의 음이 남기는 긴 여운이 더 큰 감동을 빚어내기도 한다. 김민의 시가 그렇다. 단음의 오랜 여운처럼, 김민의 일행시는 활자와 백지 사이의 텅 빈 공명에서 발생하는 진동을 통해 독자의 내면에 무수한 정서의 파동을 발생시킨다. 산문시와 장시, 행과 연 구분이 불명확한 시들이 범람하는 시대에 보기 드문 형식적 미학이라 할 만하다.

3. 받아쓴 시

내가 지닌 무늬는 무려 당신 머릿결의 선율
— 「비눗방울 놀이」 전문

이 시에서도 역시 간결한 시어가 지닌 무늬들이 독자의 머리를 부드럽게 쓰다듬는 선율이 된다. 빛을 받은 비눗방울이 알록달록 빚어내는 무늬를 시인이 "당신 머릿결의 선율"로 호명하는 순간, 비눗방울이라는 시각적 풍경은 소리로 전환된다. 금방 터져 공기 중에 증발해버릴 작은 액체 방울이 무한히 재생될 음악으로 그 본성이 바뀌는 이 대목에서 나는 언어가 가진 강력한 힘을 체감한다. 김민의 일행시에는 언어의 창조적 힘, 주술적 힘이 응집되어 있다. "빛이 있으라 하시매 빛이 있었다"(창세기 1:3)던 태초의 언어는 대상을 수식하기 위한 외부적 장치가 아니라 직접 창조하고 살아 숨 쉬게 하는 내재적 힘이었다. 그래서 '말씀'을 로고스(logos), 즉 원리와 법칙이라고 했다. 언어의 힘이 충만했던 태초 이래로 인간은 '말씀'을 잃어가기 시작했다. 말씀의 자리에는 과학과 자본이 들어앉고, 언어는 한없이 가벼워져 이제는 아무나 아무 말로 떠드는 세상이다.

우리은하 속 썩은 콩 한 알
— 「절구질하며」 전문

그런데 김민의 시는 아직 '말씀'이다. 우리는 지구라는 인류의 터전을 "우리은하 속 썩은 콩 한 알"로 축소시키며 우주의 광활함 속 인간의 작고 보잘 것 없음을 환기하는 김민의 '말씀'을 통해 이성과 합리에 기댄 인간 중심의 언어가 얼마나 초라한 것인지 깨닫게 되며, 짧은 한 줄의 문장이 오늘날 언어가 잃어버린 태초의 힘, 창조의 에너지를 회복하는 광경을 함께 목격하게 된다.

하늘이
봄볕 펼치면
튀어 오르는 잎사귀

마침표 또는 따옴표
혹은 쉼표에
기대어있는 무당벌레

가끔
물음표 닮은 바람
입에 문 녀석
　　　　　―「팝업북」 전문

　시인은 "잎사귀"와 "무당벌레"가 모두 "팝업북", 즉 한
권 책의 일부이며, 그 책에는 햇살과 바람과 눈과 비가 마
침표와 따옴표, 쉼표, 물음표로 기능하고 있다고 노래한
다. "세상은 사물들의 총체가 아니라 기호들의 총체다. 우
리가 사물이라고 부르는 것들은 사실은 언어들이다. 산
도 하나의 말이고, 강도 하나의 말이며, 풍경은 하나의 문
장"(옥타비오 파스)이다. 우주가 무수한 기호로 짜인 텍
스트라면, 시인은 아무데나 무한히 펼쳐진 언어들을 그저
주워다 쓰면 그만이다. 하늘과 별과 바람이 불러주는 대

로 받아쓰기만 하면 시의 행간 안에 하늘과 별과 바람이
살기 시작한다.

그러나 오늘날 우리시에는 자연 그대로의 말, 산과 강
과 바다와 별의 말은 사라지고, 인공적으로, 인위적으로
만들어낸 부자연스러운 말들만 넘쳐난다. 마치 폐품과 고
철을 아무렇게나 용접해 기괴한 로봇을 대량 생산해내는
공장을 보는 듯하다. 어떤 시인들은 사물이 지닌 본래의
언어를 약탈해서는 인간 중심의 편협한 사유와 병적인 욕
망, 자폐적 자기감정을 호르몬처럼 주입해 기어코 기형과
불구의 요설로 만들기도 한다.

아무 시상詩想도 떠오르지 않자 하늘이 깃털구름 모아 보여주었네
— 「편두통」 전문

하지만 김민은 다르다. 그는 언어로 이뤄진 세계 안에
서 사물과 상응한다. "아무 시상도 떠오르지 않"으면 억
지로 말들을 비틀고 찢고 접붙이는 대신 그저 하늘을 향
해 이마를 든다. 그리고 그때 "하늘이 깃털구름 모아 보여
주"는 걸 받아 적는다. 사물이 지닌 리듬과 상징을 그냥
종이에 옮긴다. "붓꽃에게 아침 댓바람부터 한소리 듣고
나니" "뙤약볕처럼 들이치는 낱말들"(「또 딱 걸렸네」)을
가만히 주워 모을 뿐이다.

4. 언어와의 대화

하굣길에서 만난 소나기
신주머니 머리에 얹고는

어느 집 처마 아래 서서
먼산바라기 하고 있을 때

낙숫물 떨어지는 소리
에 묻어오는 호박전 부치는 냄새
　―「신神 주머니에서 꺼낸 풍경」 전문

　이 시에는 '받아쓰는 시인' 김민의 면모가 잘 나타나 있
다. 그는 이 세상을 '신(神)'의 주머니로 인식한다. 태초에
신이 '말씀'으로 만물을 창조했다면, 세상의 모든 사물들
은 한 형제다. 그렇기 때문에 시인은 신의 주머니 안에 들
어 있는 어떤 풍경이라도 마음껏 빌려 쓸 수 있다. 그가
신의 주머니에서 꺼내 쓴 '풍경'은 관념과 자의식으로 이
루어진 '활자'로서의 언어가 아니라 "낙숫물 떨어지는 소
리"와 "호박전 부치는 냄새"를 지닌 '감각'으로서의 언어,
자연 그대로의 언어다. 그가 풍경이 지닌 소리와 냄새를
시에 데려올 수 있는 것은 풍경을 폭력적으로 끌어당기는
대신 가만히 설득하는 까닭이다. 자신의 본질을 보존하려

는 대상(풍경)과 그것을 시의 문장으로 바꾸려는 시인 사이의 팽팽한 대치, 그러나 시인은 섣불리 손을 뻗지 않는다. 자신의 힘으로 풍경을 시가 되게 할 수 없음을 알고 있기 때문이다. 그래서 풍경이 종이 안으로 걸어 들어올 때까지 기다린다. 귀와 눈과 코와 마음을 열고, 처마 아래로 낙숫물이 떨어질 때까지, 호박전 부치는 냄새가 비에 번져 퍼질 때까지 기다린다. 그는 풍경을 설득하는 시인, 사물과 말하는 시인이다. 산과 말하고, 강과 말하고, 낙숫물과 말하고, 호박전 부치는 냄새와 말하는, 언어와 대화하는 시인이다.

세상 모든 새끼들은 눈을 뜨지 못했지
—「내가 한낱 이끼였을 때」 전문

아침에 보니 벌써 누가 집어갔네
—「밤사이 쌓이는 달빛 여섯 광주리」 전문

김민이 펼쳐 보이는 '상응'의 시적 방법론은 제목과 본문을 대화 형식으로 배치한 시편들에서 더욱 잘 나타난다. 발신자로서의 제목이 "내가 한낱 이끼였을 때"라고 운을 떼면, 수신자로서의 본문이 "세상 모든 새끼들은 눈을 뜨지 못했지"라고 답한다. 또 제목이 "밤사이 쌓이는 달빛 여섯 광주리"라는 화두를 던지면 본문이 "아침에 보니 벌써 누가 집어갔네"라고 응답한다. 제목이 추상이라면 본문은 구체에 해당한다. 추상과 구체의 결합을 통해 진리로 나아가는 변증법은 서양 철학의 인식소이기도 하지만, 선문답으로 대표되는 동양 사상의 핵심이기도 하다. "우리 뒤뜰로 가면"(제목) "닿는 눈길마다 장독 뚜껑 닫히는 소리처럼 실바람들이네"(본문)와 같은 추상과 구체의 대화를 읽고 있노라면, "부처는 무엇입니까"라는 제자의 질문에 "부처는 마른 똥막대기"라고 한 운문(雲門) 스님이나 제바종을 묻는 질문에 "은주발에 담은 눈"이라고 말한 파릉(巴陵) 스님의 화두가 연상된다.

5. 화해와 합일, 서정적 순간을 위하여

김민의 시는 함축과 절제, 음악성, 대화의 기술을 통해 서정을 획득하고, 이 서정은 결국 타자와의 화해와 합일, 조화와 균형의 감각을 독자에게 내면화한다. 서정의 순간이 우리 내면에 충만해질 때, 우리는 '나'라는 개인이 홀로 존재하는 개별자가 아니라 우주 자연의 모든 타자들과 관계 맺은 유기적 존재임을 확인하게 되며, 그때 비로소 자기중심적이고 즉자적인 세계 인식에서 벗어나 타자 지향적이고 대자적인 성숙한 인격으로 전향할 수 있게 된다. 타자 지향의 성숙한 세계관이 김민으로 하여금 묵언에 가까운 '일행'의 시를 쓰게 했으리라. 그가 빚어내는 서정은 '나'를 비우는 데서부터, '말'을 버리는 데서부터 시작된다.

동양 철학은 말에 대해 가혹하다. 노자는 "말하여질 수 있는 도는 도가 아니"라고 했다. 언어는 상대적인 것만 표현할 뿐 절대적 진리를 담을 수 없다는 노자 사상은 도교와 동양의 미의식을 대변한다. 여기서 '언어'는 앎을 가리킨다. 언어도단(言語道斷) 역시 같은 맥락이다. 불교에서는 말 자체를, 앎이라는 것을 아예 폐기한다. 침묵과 명상을 통해 내면의 번잡함을 비우는 참선이나 보편 논리를 벗어난 짧은 화법으로 지식을 해체하고 해석의 다양성을 지향하는 선문답이 좋은 예다.

비트겐슈타인이 "모든 철학은 다 헛된 말"이라며 사고의 한계를 직시하거나 "말할 수 없는 것에 대해서는 침묵해야 한다"고 지식에의 맹종을 비판한 것을 보면 동양이나 서양이나 선각자들은 앎에 대해, 자기중심적 태도에 대해 모질고 혹독했다. '안다'는 것은 이미 어떤 사물과 현상에 대한 판단이 끝났음을 뜻한다. 해석의 종료이자 의미의 확정이다. 그러므로 앎의 세계는 고여 있는 물과 마찬가지다. 근사해 보이지만 새로움이 돋아날 수 없는 불모이며, 감각의 촉수가 둔화된 불감증의 상태다. 고대 그리스 회의론자들 역시 앎을 경계하고 불신했다. 대상에 대한 판단을 중지하는 에포케(epoche), 즉 '판단 유예'를 학문의 미덕으로 삼았던 것도 앎의 불완전성과 의미의 무한성을 각각 수용한 까닭이다.

앎을 신봉하는 사람일수록 말의 논리를 세워 타자와 대립한다. 타자를 용납하지 못하고 자기주장만 강요한다. 말을 믿는 사람일수록 말의 성채를 쌓아 외부 세계와 스스로 단절돼 협소한 자기 세계를 벗어나지 못한다. 그러나 김민은 '나'를 버린다. 자의식을 내려놓는 순간, 우주가 그의 내부로 들어가 소리를 낸다. 나를 비운 내면에 타자를 초대해 그로 하여금 말하게 할 때, 시인은 사물의 대언자이자 삼라만상이 와서 빙의하는 소우주가 된다. 그 순간이 바로 주체가 세계와 화해하고 합일을 이루는 서정적 체험이다.

눈물자리 쓰다듬는 손가락 끝마다 은하들 휘감기네
—「지문指紋」 전문

다시, 옥타비오 파스는 이 세계를 구성하는 것이 시간의 흐름과 반복, 일정한 질서와 법칙이 존재하는 언어, 즉 '리듬'이라고 보았으며, 그 리듬들이 모여 화음을 이룬 총체가 자연, 즉 우주라고 말했다. 인간은 소우주고 자연은 대우주다. 소우주와 대우주는 일대일 대응한다. 둘 사이는 비어 있는 것처럼 보이나 소립자들로 빽빽하게 채워져 있고, 소립자들이 지닌 진동을 초끈으로 하여 서로 이어져 있다. 이는 물리학 명제이지만, 미학은 철학과 과학을 포괄한다. 특히 동양 미학은 미물에도 우주가 깃들어 있다는 인식으로부터 출발한다. 김민은 작고 평범한 대상, 사소한 일상적 체험을 통해 눈에 보이지 않는 미시 세계, 우주적 차원의 비가시적 아름다움을 시로 표현한다. 그는 '나'라는 소우주가 지닌 "손가락" 지문의 무늬가 형태적 동일성을 통해 대우주인 "은하들"과 상응하는 과정을 최소한의 언어로 그려내고 있다. 위 시는 단순해 보이지만, 짧은 한 문장 안에 광대한 우주적 이미지와 아날로지적 사유가 촘촘하게 담겨 있다.

그가 건네주는 보름달빛 반 쪼개어 삼키고는 잠잠潛潛
― 「잘 듣는 약」 전문

현대인들은 공황장애와 불면증, 우울증을 앓는다. 그것을 '도시병'이라고도 부르고, '현대병'이라고도 한다. 파스가 "인간의 신비는 인간이 우주적 질서의 한 매개체, 즉 거대한 협주곡의 화음이며, 또한 자유이기 때문이다. 고통은 불협화음이다. 그리고 의식은 존재의 리듬과 화음을 이룬다"고 말한 것에 주목할 필요가 있다. 현대 사회의 질병들은 분리와 간극에서부터 온다. 오늘날 세계가 병든 것은 인간과 자연이 멀어지면서 이 세계가 태초의 생명력을 잃어버렸기 때문이다. 자연이 사라진 자리를 기계문명이 대체하면서 인간과 자연이 서로 상응하던 우주의 조화가 망가져버린 탓이다. 오늘날 세계는 자연을 상실한 채 자연을 모방하는 인공 자연만을 세워두고 있다. 유토피아를 흉내 내는 가짜 유토피아, 내용이 사라진 형식주의, 본질 없는 허상 등 시뮬라크르의 세계는 근본적으로 병들어 있을 수밖에 없다.

시인도 가끔 편두통과 불면증, 가슴 두근거림, 이유 없는 무기력증을 앓는다. 울화가 치밀어 오르는 화병을 앓기도 한다. 그때 그는 병원이나 약국에 가는 대신 우주와 협화음을 조율한다. 마음에 고통이 차오르는 밤, 밖으로 나가 보름달 아래 선다. 그리고 "그가 건네주는 보름달빛 반 쪼개어 삼키고는 잠잠"해진다. 달빛이 그의 내부로 흘러들어 혈관의 더께와 생각의 불순물을 깨끗이 씻어주는 이 '정화(淨化)'의 체험을 시인은 "잘 듣는 약"이라고 명명한다. 자연은 잘 듣는다. 반면 인간은 잘 듣지 않는다. 인간이 자연을 향해 귀를 열 때, 그렇게 서로 잘 듣는 화해를 이룰 때 달과 별과 강물과 바람의 언어는 현대 도시 문명의 마음병을 치유할 약이 된다.

우리는 그동안 온갖 상투성과 고정 관념, 언어유희의 경향, 모호함과 난해함, 소음, 잡설, 인위, 사족, 과도한 수사와 기교, 불분명한 상징, 설명적 진술, 소통 단절의 요설이 함부로 부려진 시들을 읽어왔다. 그 시들의 너무 많은 말들이 우주와 순환해야 할 우리 영혼의 통로를 혈전처럼 막아서, 시를 읽는 일이 정화가 아니라 오히려 마음을 딱딱하게 하는 경화(硬化)가 된 지 오래다. 하지만 이제 우리는 마음의 혈전용해제를 복용할 수 있게 됐다. 여기, 자연의 소리와 냄새와 빛을 대언하는 김민의 시가 우리에게 처방된 "잘 듣는 약"이다.

시집을 읽고 나니 벌써 신생의 초록이 창문을 넘어 내 눈에 와 닿는다. 들리지 않던 초록의 소리들이 들린다. 아까시, 아까시, 향기로운 계절의 향기가 머리칼에 배어든다.

신神 주머니에서 꺼낸 꽃말사전

1판 1쇄 발행	2021년 6월 15일
지은이	김민
발행인	윤미소
발행처	(주)달아실출판사
책임편집	박제영
디자인	전형근
마케팅	배상휘
법률자문	김용진
주소	강원도 춘천시 춘천로 17번길 37, 1층
전화	033-241-7661
팩스	033-241-7662
이메일	dalasilmoongo@naver.com
출판등록	2016년 12월 30일 제494호

ⓒ 김민, 2021
ISBN 979-11-88710-59-1 03810